AF176629

Ein Koffer voll Zeit

Eine Kurzgeschichte

von

Ariane Eichhorn

Bibliografische Information der Deutschen Nationalbibliothek: Die Deutsche Nationalbibliothek verzeichnet diese Publikation in der Deutschen Nationalbibliografie; detaillierte bibliografische Daten sind im Internet abrufbar.

© 2021, Ariane Eichhorn
Herstellung und Verlag: BoD – Books on Demand, Norderstedt

ISBN: 9783753491134

autorin.ariane.eichhorn@gmail.com
www.ariane-eichhorn.de

Folgt mir auf Instagram:

TINTENSTAUBMAGIE

Ein Koffer voll Zeit

Eine Kurzgeschichte

von

Ariane Eichhorn

Weil Zeit das schönste Geschenk ist, das man einander machen kann und nichts unmöglich ist, wenn man nur an sich glaubt.
Lasst euch eure Ideen nicht ausreden, träumt sie, denn irgendwann werden sie wahr!

Gewidmet meiner Familie und meiner
verstorbenen Mutter.

Pssssst.
Nicht so laut!
Sonst hört uns Lisa noch und ihr wollt doch ihre
Geschichte hören, oder?

Dann folgt mir ganz unauffällig und vor allem
leise, damit sie uns nicht bemerkt. Sie ist gerade in
ihrem Kinderzimmer auf dem Dachboden und
arbeitet an einer Überraschung.
Und jetzt los, bevor wir alles verpassen.

Lisa saß **auf dem ab**genutzten Teppich ihres
Kinderzimmers, als sie den **alt**en Lederkoffer
öffnete.
Er war leer, aber das würde **er** nicht lange bleiben -
hoffentlich.
Sie hatte es doch heute Morgen versprochen: Sie
würde einen ganzen Koffer **voll** Zeit mit**bring**en.

Doch wie packt man Zeit in einen Koffer?

Lisa wusste nicht recht, wo sie anfangen sollte und
erinnerte sich an heute Morgen, als sie ihrem
Vater genau diese Frage gestellt hatte.

Kaum hatte sie diese ausgesprochen, hatte ihr
Vater ihr liebevoll über die langen blonden Haare
gestreichelt, sie in den Arm genommen und
gesagt: „Ach, mein kleiner Träumer."
Lisa hatte ihn fragend angeblickt. Das war keine
Antwort auf ihre Frage.
Was meinte er nur damit? Warum war sie ein
Träumer?
Waren Träume denn nicht etwas Schönes?

So viele Fragen in einem so kleinen Kopf. Eine
jedoch wog so schwer, dass sie einfach heraus
musste:
„Papa, was ist denn falsch daran, einen Koffer voll
Zeit zu packen?" Lisa klang
unsicher.
Sie hatte ihren Vater kalt erwischt. So hatte er es ja
gar nicht gemeint. Er hatte das mit dem
„Träumer" einfach so gesagt, ohne recht darüber
nachzudenken. So wie es Erwachsene häufig tun.
Der Vater sah in Lisas immer noch strahlende
Augen. War der Glanz ein klein wenig verblasst
oder irrte er sich?

„Nichts ist daran verkehrt, mein Schatz. Nichts.",
sagte er schließlich und streichelte ihr wieder über
die Haare. Er wusste natürlich, dass es unmöglich
war Zeit in einen Koffer zu packen, aber er brachte
es einfach nicht übers Herz, seinem kleinen
Krümel diese Hoffnung, diesen kleinen Funken,
der doch nur ein träumerischer Gedanke war, zu
nehmen. Wenigstens diesen einen Moment lang
wollte er sie noch träumen lassen.

Lisa seufzte, rutschte von seinem Schoß herunter
und schüttelte kurz mit dem Kopf, um die Zweifel
wieder abzuschütteln. „Erwachsene geben nie
eine klare Antwort. Da können die Fragen noch so
simpel sein.", dachte sie.
Doch dann fixierten sich ihre Gedanken schon
wieder auf ihr Versprechen. Bei der Vorstellung,
wie sich ihre Mutter freuen würde, strahlte sie
über das ganze Gesicht.
Sie würde einen Koffer voll Zeit packen und sich
das von niemandem ausreden lassen. „Du wirst
schon sehen!", dachte sie, als sie sich noch mal
trotzig zu ihrem Vater umsah.

12

Sie war fest entschlossen ihr Versprechen zu halten. „Jetzt erst recht!"

Mit neu erwecktem Mut ging sie wieder ans Werk: Einen Koffer voll Zeit zu packen.
    Auch, wenn sie nicht wusste wie
    - sie würde es schaffen.

Das war heute Morgen gewesen. Inzwischen waren einige Stunden verstrichen. Einfach so, ohne dass etwas geschehen war, ohne, dass Lisa auch nur ein Stück vorangekommen war.

Sie seufzte.
Nun hatte sie der Mut doch etwas verlassen.
Sie saß ganz allein auf dem Kinderzimmerteppich vor dem noch immer leeren Koffer. Was sollte sie tun? Ihr Vater war ihr keine Hilfe gewesen. Sie musste allein einen Weg finden.

Noch einmal dachte sie angestrengt darüber nach, wie sie das anstellen könnte. Zeit konnte man ja nicht wirklich greifen, geschweige denn im nächsten Laden um die Ecke kaufen wie ein Stück Bonbon oder all dieses bunte süße Zeug. In Gedanken sah sich Lisa gerade an der Ladentheke bei Herrn Honigtopf stehen und erinnerte sich an ihren ersten Einkauf dort. Lisa war gerade mal so groß, dass ihre Nasenspitze über das alte Holz ragte. Gerade groß genug, um ihre Nase überall reinstecken zu können und die vielen bunten Leckereien zu bestaunen.

„Hallo Lisa, womit kann ich dir eine Freude machen?"

Lisa sah auf die rot-weiß gestreiften Zuckerstangen, deren Geschmack ihr bereits wieder wie eine süße Erinnerung auf der Zunge lag. Aber heute würde sie etwas anderes bestellen: „Eine Tüte Zeit bitte."

Es zauberte ein Lächeln auf ihre Lippen, wie schön es doch wäre, wenn man Zeit einfach so an der Ladentheke kaufen könnte. Als sie blinzelte, verschwamm die Szenerie und sie sah wieder auf den Koffer, der trostlos und leer vor ihr lag. Es wurde ihr schwer ums Herz. Nein, auch Herr Honigtopf und seine Leckereien konnten ihr nicht weiterhelfen.

Was nur könnte sie tun?
Verbissen dachte sie wieder nach und blendete alles um sie herum aus. Das Rascheln der Bäume im Wind verklang und das Zwitschern der Vögel schien sich immer weiter von ihr zu entfernen. Stille legte sich über ihre Gedanken. Sie kniff die Augen fest zusammen und konzentrierte sich so stark, wie sich ein kleines Mädchen eben konzentrieren konnte. Sie hoffte auf einen plötzlichen Geistesblitz. Aber da war nichts. Nur diese Stille und eine schwarze Leere in ihrem Kopf.

Doch dann drang ein Ticken an ihre Ohren. Erst nur ganz leise, dann aber ertönte es immer lauter in ihrem Geist. Sie konzentrierte sich darauf. Ein monotones nicht zu überhörendes Ticken.

„Das ist es!", schrie sie in Gedanken und schlug die Augen auf.
Sie stand auf und nahm ihren altmodischen Wecker zum Aufziehen vom Nachttisch.

Nur um sicherzugehen, dass er auch immer noch funktionierte, hielt sie ihn an ihr Ohr.

„Tick, Tack, Tick, Tack", klang es aus dem Wecker und Lisas Grinsen wurde immer breiter.

Jetzt wusste sie, wo sie anfangen konnte.

„Du hast Zeit eingepackt! Immer schon! Wie machst du das?", fragte sie ihn.

Aber natürlich kam keine Antwort.

Doch Lisa wollte der Zeit auf den Grund gehen. Irgendwie musste die Zeit in diesem Wecker stecken und irgendwie war sie ja auch hinein gekommen. Sie musste den Wecker einfach öffnen, um sie dort herauszubekommen. Dann könnte sie ihn endlich packen, ihren Koffer voll Zeit.

Ja, ja. Auf so eine Idee können aber auch wirklich nur Kinder kommen. Einen Wecker auseinandernehmen. Als ob das in irgendeiner Weise helfen würde. Als würde so ein kleines Ding voller Wunderwerk und Zauber stecken. Kinder glauben immer an Zauber und Wunder, obwohl

17

unsere Welt doch einfach nur auf Naturgesetzen und Logik basiert. Wir wissen, dass in diesem Wecker kein Wunder, sondern einfach nur Metall und Mechanik stecken. Zeit gibt es da in jedem Fall nicht herauszuholen. Erst ein Koffer voll Zeit und dann einen Wecker voll Wunder ... was kommt als Nächstes? Die Zeit anhalten oder gar zurückdrehen?

Na ja, aber schauen wir doch mal weiter, was Lisa jetzt vorhat.

Huch, wo ist sie denn?

Da klirrte und schepperte es im Keller.
Dann war es wieder still.

Oh nein. Was stellt dieses Kind nun schon wieder an?

Besser, wir schauen einmal nach, oder?

Unten im Keller war es düster und nur eine winzige Glühbirne erhellte den Raum. Dort in einer dunklen Ecke rührte sich etwas. Ein kleiner grauer Schatten.

„Haha! Hab ich dich!", erklang es laut triumphierend.

19

*Ja, nun gab es keine Zweifel mehr. Es war Lisa.
Niemand sonst redete mit den Dingen, als wären
diese lebendig und niemand sonst verfiel trotz aller
Enttäuschungen und Hindernissen immer wieder
in so überschwänglichen Mut, nur weil sie etwas so
Einfaches wie einen Schraubendreher gefunden
hatte.*

Sie reckte diesen mit einer Siegerfaust in die Luft
und stürmte zurück in ihr Zimmer.
Eifrig machte sie sich daran die **Schrauben am**
Wecker zu lösen und träumte **von den** Wundern,
die sie erwarten würden.

Doch als sie den Deckel öffnete, sprangen ihr nur Federn, Zahnräder und Schrauben entgegen.

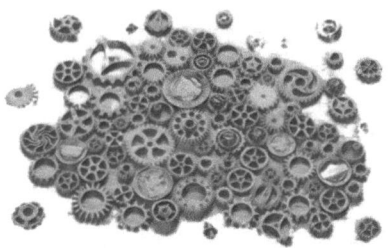

Sie schaute in das nun leere Gehäuse.

Es war kein Zauber und auch sonst nichts Wundersames darin zu entdecken. Lisa ließ ihre Hände samt des traurigen leeren Gehäuses enttäuscht sinken. Sie war sich so sicher gewesen, der Lösung nah auf den Fersen zu sein und nun hielt sie nichts weiter in den Händen, als einen trostlosen Haufen Blech.

Was sollte sie jetzt tun?

Sie würde ihr Versprechen nicht halten können.
Aber das durfte nicht sein.
Sie würde ihre Mutter ganz gewiss nicht
enttäuschen.

Betrübt, entmutigt und auch etwas verzweifelt
rann ihr eine Träne die Wange hinunter.

Dann klopfte es.
Ihr Vater öffnete vorsichtig die Tür.

„Lisa, alles in Ordnung bei dir?"

Lisa schluchzte.

„Ach Lisa, mein Krümel. Wir reparieren den Wecker gemeinsam. Alles wird wieder gut, du wirst sehen."

Mit diesen Worten schlang der Vater tröstend die Arme um Lisa. Er hatte ja gewusst, dass es so kommen würde. Seine arme kleine Träumerin.

„Aber ich wollte doch Zeit einpacken für Mama. Nun habe ich nichts", schniefte sie enttäuscht und streckte ihm das leere Weckergehäuse entgegen.

Der Vater lächelte Lisa warm zu.

„Jetzt reparieren wir erst einmal deinen Wecker und schauen, dass er wieder funktioniert. Einverstanden?", fragte der Vater und streckte seinerseits Lisa die offene Hand entgegen.

Immer noch entmutigt legte Lisa den Wecker in die Hand ihres Vaters. Mit einem letzten Schluchzer wischte sie sich eine Träne weg und nickte.

Oje, aber was war das für eine Arbeit!

Es ist so einfach auseinandergenommen, aber alles wieder zu reparieren benötigt, wie so oft viel, viel mehr Zeit.

Die ganzen kleinen Teile einzusammeln war gar nicht so einfach. Sie versteckten sich überall zwischen den langen Teppichfasern, doch noch schwieriger war es, die Teile alle wieder richtig zusammenzubauen. Dem Vater rutschten sie immer wieder zwischen den großen Fingern hindurch und fielen auf den Boden.

„Kann ich mal versuchen?", fragte Lisa vorsichtig.

„Oh ja, das geht mit deinen kleinen Fingern bestimmt viel besser. Ich erkläre es dir", sagte der Vater, der sich absichtlich so ungeschickt angestellt hatte, aber das wusste Lisa ja nicht.

So verbrachten sie schließlich den ganzen Abend miteinander, bis die kleine Lisa ins Bett musste. Ihr Vater las ihr eine Gute-Nacht-Geschichte vor, deckte sie behutsam zu und wünschte ihr süße Träume, bevor er das Zimmer verließ. Lisa aber dachte gar nicht ans Schlafen, denn endlich wusste sie, was zu tun war.

Sie schlüpfte aus ihrem Bett und machte sich unbemerkt ans Werk.

Ariane Eichhorn / EIN KOFFER VOLL ZEIT

Am nächsten Morgen schleifte sie den Koffer in
den Flur und war schon angezogen, als ihr Vater
gerade erst aus dem Schlafzimmer kam und sie
müde anblinzelte.

„Kann losgehen!", rief sie ihm voller Vorfreude entgegen, der gerade erst in seinen Morgenmantel geschlüpft gewesen war und herzlich gähnte. Es dauerte eine Weile, bis er den Schlaf aus seinen Augen geblinzelt hatte und wahrnahm, dass Lisa bereits fix und fertig abfahrbereit vor ihm stand.

Schließlich erblickte er den Koffer, der neben Lisa noch größer wirkte als gewöhnlich.

„Was hast du denn da in dem Koffer?"

„Zeit", sagte sie und wiederholte das Wort zufrieden mit sich selbst noch einmal: „Zeit."

Dem Vater fiel nichts darauf ein. Er zog sich an und die beiden machten sich auf den Weg. Die ganze Fahrt über fragte er sich, was Lisa in den Koffer gepackt hatte.

Und ich frage mich das ganz ehrlich auch!

Und ihr? Ihr wollt es sicher auch wissen, oder?

Na, dann passt mal gut auf!

Wie jeden Tag betraten Lisa und ihr Vater vorsichtig das Krankenhaus und folgten dem Schild „Palliativstation", bis sie vor dem Zimmer 323 standen.

Lisas Mutter war schwer krank und lag im Sterben. Die letzten gemeinsamen Tage, oder vielleicht auch bloß Stunden, waren für die Familie angebrochen.

Tja, ihr könnt euch vorstellen, dass das für das kleine Mädchen und ihren Vater nicht leicht ist, aber sie lassen Lisas Mutter nicht allein und werden bis zuletzt für sie da sein.

Genau deswegen hatte Lisa ihrer Mutter ja einen Koffer voller Zeit packen wollen, damit sie noch ganz viel davon haben würde. Wir Erwachsene wissen natürlich, dass das nicht geht und doch hat Lisa die ganze Nacht daran gearbeitet.

Lisa und ihr Vater öffneten vorsichtig die Tür zum Krankenzimmer, um niemanden aus dem Schlaf zu reißen.
Ihre Mutter war wach und drehte ihnen das Gesicht mit einem schwachen Lächeln zu. Lisa strahlte übers ganze Gesicht.

„Mama, guck, ich hab dir was mitgebracht!", rief sie und stürmte schon mit dem Koffer auf den Stuhl neben dem Bett.
Ohne eine Antwort abzuwarten, hievte sie den Koffer ins Bett und auf die Beine ihrer Mutter.
„Ein Koffer voller Zeit!", sagte sie stolz.

29

„Ich wusste nicht, dass Zeit so schwer sein kann",
neckte die Mutter sie, schenkte Lisa ein warmes
Lächeln und ließ den Koffer aufschnappen.

Eingepackt war eine Menge Stoff, Holzstangen
und obendrauf ein in Leder gebundenes, völlig
abgegriffenes Buch.

„Du hast es noch? Mein altes Buch ..."

Die Stimme der Mutter brach vor Rührung. Sie
nahm ihre Tochter in den Arm und Tränen
glitzerten in ihren Augen.

„Erinnerst du dich noch, Mama", begann Lisa, „wie du mir, als ich klein war, immer daraus vorgelesen hast? Früher haben wir uns unter der Bettdecke versteckt, um die ‚Abenteuer von Oskar und Buddy' mitzuerleben. Später hast du ein Kuschelzelt für uns aufgebaut."

Ein Lächeln stahl sich auf das Gesicht der Mutter. Ein warmes und herzliches Lächeln.

Früher, das war gerade mal zwei Jahre zurück. Lisa war damals gerade erst fünf gewesen, aber für Kinder sind zwei Jahre schon fast wie eine Ewigkeit. Und jetzt? Na ja, jetzt fühlt sich Lisa mit sieben schon ziemlich groß und erwachsen, wie alle Kinder, denn schließlich geht sie auch schon zur Schule.

„Ach, das hat es mit dem ganzen Krimskrams auf sich", bemerkte die Mutter.

„Ja, Mama, bleib nur liegen. Ich mach das schon."

Und mit diesen Worten sprang Lisa vom Bett und baute Stück für Stück das Zelt auf, band die Stangen aneinander, zog das weiße Leinentuch darüber und machte es drinnen gemütlich.

Ihre Mutter und Ihr Vater tauschten verblüffte Blicke miteinander aus.

Nach einer Weile klatschte Lisa in die Hände.

„Du kannst kommen, Mama. Papa, du auch. Und bring das Buch mit, ja?"

Die beiden Eltern schenkten einander ein Lächeln und der Vater half der Mutter in das Zelt.

„Schön hast du das gemacht!", lobte die Mutter, während sie sich umsah. Es war alles gemütlich eingerichtet, mit Kissen und Decken, und lud zum Träumen ein.

In Gedanken war ihre Mutter auf einmal wieder das kleine Kind, das in Decken eingekuschelt, vor 36 Jahren, den Worten ihres Vaters lauschte, als er ihr die Gute-Nacht-Geschichte vorlas. Die Mutter blickte auf die nächste Ecke und sah Lisas alten Teddybär. Die Szenerie in ihrem Kopf verwandelte sich und es war auf einmal die kleine Lisa, die den Teddy fest in ihrem Arm hielt und die verzweifelt versuchte, wach zu bleiben, auch wenn sie noch so müde war und ihr die Augen immer wieder zufielen.

„Ich bin noch wach." Hatte sie dann jedes Mal
vor sich hin geflüstert und ihr Kopf ruckte hoch.
Ein Lächeln huschte über das Gesicht der Mutter.
„Mama, ist alles gut?", fragte Lisa, die bemerkt
hatte, dass ihre Mutter ganz woanders zu sein
schien.
Die Mutter blinzelte und war wieder zurück im
Hier und Jetzt.
Sie nahm Lisa in den Arm, drückte sie fest und
sagte: „Danke, mein kleiner Krümel, das ist das
schönste Geschenk, dass du mir machen
konntest." Dann gab sie Lisa einen Kuss auf die
Stirn und flüsterte leise: „Ich hab dich lieb."
„Ich dich auch.", wisperte Lisa und drückte ihre
Mutter ebenfalls und eine wohlige Wärme breitete
sich in ihr aus. Sie hatte es geschafft. Sie hatte ihre
Mutter glücklich gemacht und beide genossen
diesen kurzen Augenblick.
Dann ruckte Lisa auf einmal hoch.
„Aber das ist ja noch gar nicht alles!", verkündete
Lisa. „Heute lese ich dir etwas vor! Das gehört
doch auch noch dazu, zu meiner Überraschung!"

Dann nahm sich Lisa das alte und abgegriffene Buch ‚Die Abenteuer von Oskar und Buddy‘, schlug es auf und begann zu lesen.
Lisa wollte ihrer Mutter Zeit schenken, gemeinsame Zeit.
Sie wusste nicht, dass sie ihrer Mutter so viel mehr damit gab. Die ganzen Erinnerungen an das, was einmal war und die gemeinsame Zeit jetzt.
Und wenn sie Lisa so vorlesen sah, dann bemerkte sie, wie groß ihre Kleine doch schon geworden war und wie groß Lisa einmal sein würde.
Lisa las und las, während sich ihre Eltern einkuschelten und ihren Worten lauschten.

Es war das schönste Geschenk, das sie ihrer Mutter hatte machen können. Erinnerungen und die gemeinsame Zeit und Geborgenheit ihrer Liebsten. Wenn sie Lisa so ansah, dann war ihr, als sähe sie sich selbst.

Und in diesem Moment wusste sie, ihre Kleine würde ihren Weg gehen und ihren Platz finden.

Sie kuschelte sich wieder zusammen mit Lisas Vater ein, während all diese Jahre an ihr vorbeiflogen. All diese Jahre aus dem Koffer voll Zeit zauberten ihr ein Lächeln der Dankbarkeit auf die Lippen.

Lisa las die ganze Nacht bis in den frühen Morgen, bis ihre Mutter in den nie mehr enden wollenden Schlaf sank.

Lisa hatte es doch geschafft, einen Koffer voll Zeit zu packen. Für uns verging die Zeit wie im Flug, doch was für uns vielleicht nur ein Wimpernschlag war, war für Lisas Mutter immer eine neue Erinnerung, die sie durchlebte.

Lisa hatte es geschafft, ihr die schönsten Momente, ihre schönsten Stunden und Erinnerungen noch einmal zu schenken. Sie hatte ihr tatsächlich Zeit geschenkt!

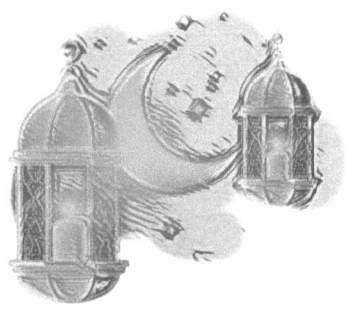

Epilog

Zeit vergeht oft wie im Flug, aber es gibt etwas, das es vermag, die Zeit einzufrieren und zu bewahren: Erinnerungen!
Bewahrt sie euch stets in eurem Herzen, so wie auch ich meine Erinnerungen für immer in dem meinigen tragen werde.
Glück ist es, reich an schönen Erinnerungen zu sein.
Oder anders: Nur wer reich an schönen Erinnerungen ist, vermag es glücklich zu sein.

ENDE

Ihr möchtet mehr von mir lesen?
Dann folgt mir auf
- meiner Homepage:
www.ariane-eichhorn.de

- auf Facebook:
www.facebook.com/NessaMidnight/

oder
- Instagram: Tintenstaubmagie
(Gerne auch mit QR-Code (sh. vorne)

autorin.ariane.eichhorn@gmail.com
www.ariane-eichhorn.de

Ariane Eichhorn / EIN KOFFER VOLL ZEIT

Autorin: Ariane Eichhorn

Lektorat durch Lucinda Flynn & Andrea Benesch

Coverdesign: Ariane Eichhorn

Bilder (auch Hintergrund) von www.pixabay.com

und

elements.envato.com
(Letzteres für die Seiten 2, 9, 16, 21, 26, 28, 36 und 38)